暮尾淳詩集

# 生きているのさ

表紙画　暮尾淳

# 目次

# 詩

暮尾淳の遺したもの

# 詩

# スカイプ

テレビ電話の時代など
考えもしなかったろう親父のことを
ふと思い出しながら
撫でたいなぁそのおかっぱ頭をといえば
ここはサッポロだからできないよと
パソコン画面の孫娘は
東京の四Ｆで缶ビール片手のおれにいい
あっ！じいじのカラスが鳴いている
四歳の柔らかい耳は鋭く
中野区新井のカァーカアーを同時に聞く
三カ月前までは

この縦に細長い長屋に
息子夫婦と孫二人は
おばあさんと呼ばれるのを拒んだ
ケーコサンと
くそじいじはいいづらいだろうからと
じいじを選んだおれと暮らしていて
さいきんは
じいじと口にする爺さんが多いようだが
流行だろうか
それともさんのつかない呼び捨てではない
可愛い声のその響きを
昔からじいじたちは知っていたのかなどと
少しぼんやりしていたら
じいじぃバイバイ
スカイプが切れる

ｓｋｙｐｅとはＩＴテレビ電話のようなもので
子供のころに未来漫画で見た覚えがあるが
それがこの身に起こるとは
おまけに通話料は只
ロハなのだからさ
保を分解してイロホと号していた親父よ
あの世にスカイプ行ったなら
お袋も兄貴もあの姉も弟も
みんな本音で笑って泣いて
そんなやりとりできないものかな。

# ラーメン屋にて

六歳上の姉と二人で
親戚の農家の離れに疎開していた
八月十五日の朝
虱だらけの頭で
札幌の家に帰ることになり
天皇の珍妙な抑揚の
敗戦を告げるラジオ放送を聞いたのだが
その日をどうして
早世した姉は知っていたのか
いまとなっては遠い昔のことだ。

そんな話をしたのは
十年振りの
お互いの近況のやりとりも
二杯目の珈琲も尽きかけたころで
それから二人はラーメン屋に入って
彼女はメンマラーメンを
おれは中華そばを
黙って食べていると
広島生まれだという客の声が
ふと耳に入り
あれから七十年も経っているのに
初めは新型爆弾と言われ
白い衣服は
熱線を跳ね返すと噂された
原子爆弾を思い出し。

あの昭和二十年八月六日
新型爆弾はまず広島に落とされ
九日には長崎に落ち
日本は無条件降伏をしたので
本土決戦は避けられ
北海道はソビエトに
中国九州はイギリスに
分割占領されることもなくなり
春にはアカシアやリラの花が咲く
北の街で育ったおれの幼年期は
無数の原爆犠牲者の非命と一繋がりである
などとぼんやり復誦していたら
まだ好きでしょう
鳴門を一切れ

彼女はおれの丼に入れ
十年を飛び越えるのは
女性には簡単なことであるらしい。

# ウソと夏蜜柑

雪の降る寒い朝に
ウソという小鳥を素手でつかまえ
鳥籠で飼っていたら
理科の解剖用につかうというので
その日のくる前に冬空へ放すと
学校から帰ってきた姉は
いきなり夏蜜柑を投げつけてきたが
おれは身を交わし
その夏蜜柑の酸っぱい実に
当時は贅沢品の
白い砂糖をおふくろは振りかけてくれ

立ったままで
やがて自死する姉も食べていたが
六十四年はむかしのこと
だがおれはまだ引き算ができるから
ウソの話はうそではない。

# ミルク

庭風呂の
天井に平行な
四角いのぞき窓から
夕方のまだ青空が見えていて
高く煙突だけが一本
傾いて天を目差しているような
その区切られた風景を見たくなり
銭湯に出かけたのは
三年ぶりで
ちらりほらりと窓から雪も落ちてきて
束の間の無心を楽しんでいたのに

去年の暮れの
内視鏡手術の痕が目に障り
よくぞおれもここまで生きてきたものだと
つまらぬ感慨が湧いてきたのは
不覚で
湯からあがると
脱衣所の椅子に腰かけ
ぼんやり冷たいミルクを飲んでいたが。

おれはもともとミルクは好きではなかった。
次から次と雌牛を妊娠させ
仔牛の上前をはねつづけるシステムなんて
しかし入院中の絶食が解けて
最初に飲んだミルクはとても美味だった。

七十年も前のことだからもう確かめようもないが
赤ん坊のおれは
口を固く結びミルクを飲もうとせず
姉たちは唄いながら踊り回り
おれの口元がほころぶと
母親は素早く哺乳瓶を口に含ませたというのだが
その二人の姉も死んでしまい。

銭湯からの帰りみち
線路際の赤提灯で
おれは生ビールや冷酒を飲み
往時点々
翌日は高熱でがたがた震えていた。

# 昏い日曜日

記憶をたどってみると
自分の家であるという初めての認識は
ドキュメントではなく
語り部の世界に属するようで
二軒続きの長屋の
北の方の玄関を潰して
細長い一軒の家ができると
その元玄関はすぐに物置部屋に変貌し
そこには古びたオルガンや
蛇腹に傷の付いたアコーデオン
手回しの蓄音器

ラベルが紫のレコード盤など
シロホンを叩きあきると
レコードを回し
「パリ祭」「奥様お手をどうぞ」などなどの
シャンソン
つまり学校から帰ると
おれは真先に物置部屋に行き
姉の遺したレコードをかけたのだが
それから何十回も
冬になれば雪は降り
おれも実家を出て
庭の杏の大木も失くなり
細長かった家も
二階建の二棟となって
七人の家族は

とっくにみんな死んでしまい
残っているのは
耳が遠くなったおれ一人
それでも古里のあの部屋を思い出すと
けだるいダミアの声が
Sombre・dimanche　が
いまもかすかに流れてくるような
今日は日曜日。

# 眠られぬ夜

イナサは東南風で海上の悪風
この風の吹き荒れる夜は
この辺の者は手に手に松明を持ち
浜辺を往ったり来たりするが
沖の船は港を捜しているときなので
その明りを見て近づくと
そこは岩礁の群れているところで
たちまち座礁し破船する
朝になれば
浦の人びとは船を出して
破船の荷物や道具を手に入れる。

嫌な後味のする言い伝えだが
つまりはそんなふうにして
わたしたちは生きてきたのか。

その「たち」から脱け出そうと
酒精を友とし
デラシネのように
食いつなぐつもりだったが
草臥れてきて。

びしょびしょと雨が降る
夜の岬
隣のベッドで
かすかに寝息を立てている女に

眠られぬまま
明日は帰ろうよと
わたしは呟き
朔太郎の「ああ浦」を思い出したり
鼻毛を抜いてみたり。

# 古稀

無音のままに広がっている
北方の青い空に
白い雲が
幼い日の退屈な午後のように
紅葉のまばらな丘の上に浮かんでいて
その白樺の木陰で
いけないことをしました。

人がいないのを確かめてから
剝き出しの
ふっくらした右のお尻を

上から下へとゆっくり撫でおろし
左のお尻は
下から上へと
今度は左回りにさすり上げ
しかし割れ目には
手を触れず。

それだけのことなのに
初めての体験だから
胸はどきどきし
何よりも誰かに見られてはいないか
辺りを見回すと
蜻蛉が飛び
コスモスが咲いていて
煙草をくわえ

おれはさり気なくその場を離れたが。

その夜は
ひんやりしたブロンズ像の
お尻の手触りが
この世にはいない女たちを蘇らせ
モデルの若いオスローの女性と
著名な彫刻家に
すみませんと謝りながら
古稀を迎えたばかりのおれは
カルバドスを飲み
イデーは
終焉を漂うのでした。

# 白いロングスカートで

あの世という
死後の世界を信じているわけではないが
会うには夢しか通路がないので
あの世の彼や彼女は
いつまでも歳を取らず
おれだけこの世の齢を加えているらしいのは
そんなことがあったのかどうか
夢うつつのまま
ときどき考えたりしたからだが
それはむかしのことで。

そのむかしのもっとむかし
銀行に勤めていた彼女は
独り身のまま
三十代であの世に行ってしまい
ほっそりしたその彼女が
白いロングスカートで
ある夜
いつのまにかおれの隣に座り
その続きかどうかは怪しいのだが
何を思ったのか
カウンターの椅子から
ふと立ち上がったときだ
ぷっすぅー
音が漏れて
あっガスが出たと小さく叫び

後ろに手をやりながらおれを見る彼女の顔には
たちまち朱の色が浮かび
おれもうろたえ
しかしあの世の人だからにおいはなく
細長いクラシックバーには
〽この世は夢かまぼろしか
かすれた声がどこからか流れてきて
不意に消えた。

# だろうかばかりの夜

乾いた枯葉が
ときおり夜風に騒ぐ
柏林の上の
チカチカ光る星を見上げながら
郊外の単線のレールを枕にして
近付いてくる列車の振動を
心臓の高鳴りとともに耳にしていたのは
十八歳のおれの秋で
誰にもそのような
疑似自殺行の経験は
一度くらいはあるのだろうが

葉桜の寒い夜に
ケータイを切り
使い古した肘掛け椅子に座り
ぼんやりしていると
酒も飲んでいないのに
自分の死際がしきりに気になり。

周りに人の気配がしない
薄暗い部屋の真ん中に
白いベッドが浮かんでいて
寝ているおれはじっと死を待っていて
光のカーテンが降り注いでくると
からだごとどこかへ上って行くのか
あるいはベッドの下に
闇の穴がすーと開き

際限もなくどこかへ沈んで行くのだろうか
どちらでもいいのだが
そんな平穏な最期ばかりではなく
溺死も圧死も
空爆もテロも交通事故もあるだろうし
問題は死への一瞬のその間際に
快感物質とやらは
おれの脳内を駆け巡ってくれるのだろうか。

教えてくれるはずの人は
みんなあの世に行ってしまい
夢に現れても
そのことを話してはくれず
だからおれの先行きは
だろうかばかりのクエスチョンマークで

七十四歳の誕生日に
彼女がプレゼントしてくれた腕時計は
もう四時だ。

# 古い署名簿

古いノートに
数えると四十八年前の署名があり
風山假生と斉藤峻は
その声をもう思い出せないが
松永浩介、清水清、山田今次、宮崎譲、秋山清、伊藤信吉、岡本潤、
村松武司、木原実、桜井滋人という親しかった詩人の
誰から電話が掛かってきても
わたしはすぐに相手が分かるだろうというのは
新鮮な驚きだった。

その頁には

一九六六年七月十日午後六時〜十時
新宿ナルシス
「秋山清を囲む会」とあり
一番歳下のわたしの他の十二名は
いまはみんなあの世のひとで
もちろんその酒場でどんな話が交わされたかは
まったく記憶にないが
それぞれの声だけは甦ってくる。

家族ではないから
いつも聞いていたわけではないのに
どこかで見た風景のように
無意識の聴覚の闇からも
ひとはこの世に浮かんでくる。

そんなことを考えているうちに
二〇一四年九月一四日午前九時三〇分
電車は西武新宿駅に着き
そこで待合わせていた詩人のＨは
今日は自死した娘の命日なのでと言い
駅前の売場で
宝くじを三千円買い
わたしはむかしの署名簿の名前を思い出しながら
どうかＨに当りを出してください
こっそり祈ったのを誰も知らない。

# 生きているのさ

私鉄の駅のすぐ傍の
線路沿いのやきとり屋で
雪もちらつく夕暮れどきの
何度目かのガタンゴトンを聞き
焼酎のお湯割を飲んでいたら
「ゴトン　ゴトン　ゴトン　ゴトン
(合わせて20トン)」
という「鉄橋」という詩について
伊藤信吉さんは面白くて楽しい
石垣りんさんは面白くない楽しくないと言う
三十年は昔だろうか

その場におれがいたことを思い出し
伊藤さんの家での数人の藤の会だったろうか
ぼんやりしていると
お客さんはお幾つですか
カウンターの隣の白髪まじりの男が
とつぜん声をかけるので
七十六になるところですと応えると
お若く見えますねぇなのだ。

そう言われても
左足のふくらはぎが歩くと痛む
おれは少しも嬉しくはないし
晩年をつよく意識させられるだけなのだが
店の中を見回せば
おれより歳上はいないようで

イスラム国やボコ・ハラムの非道と残忍について
論詰している会社帰りの
中年男のグループなど。

たしかに世界は荒む一方で
落語が好きだった伊藤さんも
そうではなかったろう石垣さんも
こんな人間文化のどんづまりを見ないで
この世からおさらばしたが
おれはそういうわけにもいかず
ゴットンゴトンゴゥオー
一輪挿しのくたびれた花びらを
ふるわせて電車はまた過ぎ
明日も生きているのさ。

# お礼参り

尻尾をぴんと上げ
前足を立ててそろえ
座っている伏見稲荷の狐は
凛々しい顔で
稲穂を銜えていた。

その帰途なのだが
参道を出ても人の波はつづき
駅ホーム端の踏切に入っても
われわれ四人の車も
行き交う人ものろのろ

そのうちに
電車が近づいてくる
カンカンの音が
おれの耳には響いてきて。

車の運転をしているのは白髪の友人
助手席にはその妻
もう少しのところだったが
踏切のバーが下りてきて
車の屋根をドシンと叩き
反対側で待っていた髭面の男が
両手でそれを持ち上げてくれたので……

踏切を渡り切ってからだが
老夫妻は耳が遠くなりかけていたことに

改めておれは気づき
しかしおれの隣には長年の連れ合いもいたから
まあそれならそれでと思わないでもなかったのだ。

鶏肉だよとだまされて
カレーライスの狐の肉を
戦後食糧難の日々に食べておれは育ち
そのお礼参りに
朱色の千本鳥居をくぐったわけだが
あの踏切は間一髪だったのかも知れない。

# カルヴァドス

アダムとイヴの話は知っていたが
Pomme d'Eve
というフランスのカルヴァドスは知らなかった。

ビンのなかに
Pomme すなわち青い小さなリンゴが浮かんでいて
それは枝をビンの口から差し入れ
果実が赤子の拳くらいに育ったら
ビンを枝から切り離し
ブランデーを注ぐというのだが。

そのカルヴァドスを飲み干したので
ブランデー漬けの実を少し味わいたくなり
細長いフォークや
菜箸まで動員し
せめて果実のひとかけらでもと
おれは苦闘するのだが
ビンを横に倒してナイフの先を入れても
口幅が狭いから
リンゴは底のほうに転がってしまう。

ビンを割ればいいのだが
ガラスの破片は飛び散るだろうし
風のない夜は午前二時
隣の部屋では
彼女がぐっすり眠っている。

舶来のブランデーなど
高価で手が届かなかったころ
おれはシードルというサイダーのような
国産のリンゴ酒を片手に
津軽海峡を渡ったが
揺れる畳敷きの三等船室で
いまは白髪のおれのEveは
船酔いの吐き気をこらえ
涙を浮かべていた
フランスは遠かった。

# 眠くなるまで

エコール・ド・パリの画家のように
アブサンに溺れるほどの才もなく
凡庸に生きてきたから
味塩を手の平に振り
ときどき舐めて
偽アブサンを飲みながら
後は死ぬだけだなぁとぼんやり思い
旅に出たくなったが。

さすらうだけが目的の
居場所不明の漂泊は

前世紀の末に
ＩＴ産業に止めを刺されているから
クレジットカードは持ち
しかしケータイは切り
少しの間でいいのだ
誰にも追われず誰をも追わない
そういう旅はできないだろうか。

死に場所を探しているわけではない
行ったことのないところで
人間には分からない
森や海の自然言語に耳を澄まし
ゆっくり眠り
だがそのまま
静かに息が止まってはくれないものか

それはぜいたくだよ
夜も更けておれがおれに言う。

アブサンは
フランスで輸出禁止だから
度の低い
偽のアブサンを飲むしかないのだが
それは才能とは関係なく
酔いはじんわり回り
久し振りに向かったキャンバスに
何も描けないおれは
青い絵具でおまんこ印を二つ
そして眠くなった。

# 自由席

久しぶりに新幹線の切符を買いに
ぶらぶら駅まで出かけたが
希望する日の指定席は売り切れなので
自由席を求めた。

自由席とはいっても
満席の場合には
立ちんぼで行く自由だが。

制限なしの自由など
この世にはないことを知ったのは

広い空を自在に飛ぶ鳥も
地に降りると重たげに歩く
その心もとない姿を見ながら
人気のない海辺で
独り考えた十五のときで。

しかしやりたくないことは
できるだけしないで生きよう
そんなちっぽけな白由も
次第に失職や世間の目に脅《おび》えて
貫くことはできなかった。

指定の上にはグリーン席がある
つましい生活の習いで
そのことを亡失していたおれは

翌日また駅に出かけ金を払い
自由席を手放した。

# ジガー

行きつけのバーのカウンターで
ジガー
と言えば
水割りグラスに
シングル一杯半
おおよそ一・五オンスのウイスキー
それをゆっくりと締めに飲み
家に帰ることにしていたのだが
ある夜
冬の阿寒で死んだ姉にそっくりの女が
ふらりと店に入ってきて

隣に座り
雪が降っていますよと話しかけるので
おれは自分の空のグラスを指し
ダブルでと
バーテンに言ってしまった。

その夜はそれから
おれの買置きボトルの残りを
彼女と飲んだのだが
どんな話をしたかは覚えていない
なぜなら雪で滑る路を
彼女はおれの腕を取って歩いてくれて
ミントの唇の匂いは
夢のなかの出来事のようだったからだ。

それ以来おれの水割りは
ｊｉｇｇｅｒでは終らなくなり
ウイスキーを四十八杯飲んで喧嘩して
店から担ぎ出された昭和の詩人より上の
五十杯を
死神の顔がさらに近づかぬうちに
やってみたいと思うようになり
今では月に一度は会う彼女にその話をすると
わたしの見ていないところでしたら
どうぞと言うのだが
そのそっけなさに
おれは何だかつまらなくなり
玩具のニヒルのようなものを
ポケットで弄びながら
今夜も

独りで家に帰るのでした。

# 白内障

こうして掌で右目をふさげば
霧のなかのように
左目の視野はぼやけてふくらみ
そこにいるのかいないのか
あなたは妖精のようだと言うと
女は悪い気はしなかったらしいが
おれの白内障は
グラスとボトルのあいだの間隔が
今ではおぼつかないほどで
昼間のワインを机の上に注いでしまい
呆然としていたら

マレーシアの民間旅客機が
ミサイル弾を打ち込まれ
高度一万メートルから墜落
乗っていた全員三百名弱が死亡というニュースを
ラジオが伝え
怒りではなく
モノクロのデジャヴュのような
音のない光景が
まず浮かんできたのは
東京からは遠い
この世の一齣であるからだろうか
池のほとりに一人で住む女と
そんな話をしたくなり
電話をすると
只今留守ニシテオリマスノデ

そういえばおれの両眼の世界も
ずうっとそうなのだが
おれはしだいに息苦しさを覚え
窓を開ければ
くそ面白くもない夏の
白い浮雲。

# 入歯のはなし

インプラントの上の総入歯を外し
磨こうとしたら
チューブの歯磨を尻尾まで押しても
もう中から出てこない
買置きをさがしても見つからない
誰もいない朝
水洗いですましながら
出かけるときには
うすく歯磨粉を撒いておく
留守の部屋に誰かが入ってきたら
靴跡でわかる

ベトナム戦争下のサイゴンで
そう教えてくれたカメラマンを思い出したが
四十年は昔のこと
粉の歯磨はいまでも店で売っているのだろうか
家は貧しかったから
徳用のラベルの缶に
歯磨粉は入っていて
家族七人で使っていたけれど
生き残っているのは
後期高齢者とやらのおれひとり
おれが死んでも焼かれるときには
この入歯は外したままだろうな
入歯を嵌めた頭骸骨なんて
近代のことだろうから
カタコンベの壁添いには積まれていないだろう

そんなことを思い巡らしていると
まだ働いていたころ
窮屈そうに座っている若い女性の膝に
入歯がぽとり
驚いて見上げる彼女の顔
頭を何度も下げてあわてて拾う
吊革にぶら下がっていた老年紳士
朝の通勤電車の
世紀末のひとこまだったが
この話をする度に
創作でしょうとよく言われるのは何故だろう。

# マリコさん

うすらさむい夕暮れの
風の音を聞きながら
わたしは待っていたのです。

しかしマリコさんは
眞理子でも真理子でも
うそ字ではなく
どちらかで
遠い空に行ってしまったから
あの香水を身につけて
現れるはずはなく

待っていたというのは
うそのかわですが。

風の音は
いつしか川の流れのように聞こえ
ほら
でもマリコさんが
白いからだで
夢のなかを
こちらへ泳いで来るのです。

その夢のどこかで
わたしがじっと待っていたのは
ヨットが見える食堂
彼女はそこで

わたしと前に会っているのに
みんなには
初めての店になりすまし
二人は
うそ八百
でもうそからほんとの花が咲いて
その夜も愛し合ったというのは
できすぎの
うそのようです、ね。

# ｔａｘｉを降りてから

大人になったら何になりたいか
そういう作文が出ると
何にもなりたくないおれは
夜空の星のようなものになどと書いて
教育実習の女子学生に
ちやほやされていたが。

何にもなりたくないままで
年金受給者になったのは
それなりに才能があったからだろうが
星はとっくに見失っていて

いつもの居酒屋で飲み
ｔａｘｉをひろって帰り
降りて数歩
膝先からよろめいて。

右顔面を
したたか舗道に打ちつけ
つまりは数秒間のことなのだろうが
コノママ寝テイルト
轢カレテシマウ！
おれはしびれた意識を呼び戻し
アスファルトのざらざらに
懸命に顔をこすりつけながら
頭を起こし
両手と両膝を突いて立ち上がり

夕暮れの路地を
そろりそろそろ。

今日は三日目
鏡を見ると
舗道を撫で回した
おれの面相は
怪談のお岩さんと
まだ張り合ったままだ。

# 春の宵でした

しばらく会っていない
友だちが
雑誌を送ってくれたので
ぱらぱらめくると
原子力
先端医療
コンピューター・ネットワーク
マネー・ゲーム
この四つを現代の指標にとれば
それぞれの破綻が
人間社会を危うくするという

それなりの
エッセイで
おれには格別の反論もなく
細身のサワー・グラスを取り出し
彼が教えてくれた
トワイス・アップの注ぎ方で
カルヴァドスを重ねると
林檎のブランデーは
酔いが早く回り
現代はどうでもいいな
現世だよ
崩れ伏すまでの
束の間の
一回きりの
いのちを

支え合う
この銀河系の
アンドロメダの
などと独り言が出てきて
なんだかおれは嬉しくなり
しかし老人性とやらの
右足は痛み
どこにも出かけられない
春の宵なのでした。

## 女ことば

おれは猫だ
アイ・アム・ア・キャットを
そう訳してあっても
東北には
女もおれを使う地域があるから
男ことばであるとは限らない。

あたしは猫よ
これなら女ことばだろうが
ホモセクシュアリティもあるから
やはりその声を聞かねばならない。

少し怪しくはなってきたが
男と女の声を聞き分ける耳を
おれはまだ身に付けているつもりで。

だが声差ではなく
女ことばとされる
……てよ
……だわ
などという言い方を
母親や姉たちから
おれは知ったのだろうが
たとえば手話には
男ことばや女ことばがあるのだろうか。

小説も教科書も
そもそも書き文字もなかったから
縄文の世には
女ことばはなかったろうというのは
しかし極め付けで
それを耳にすることは
もう誰にもできないだけだ。

そんなことを考えていた
春の日の夕暮れ
うとうとしているうちに
いつのまにか机の下にもぐり込み
膝を抱いて眠っているおれを
天井のあたりから
おれが見ていて

ああいつもの
体脱体験の夢だと思いながら
部屋ごと
どこかへ漂って行くのだったが。

ソンナトコロデ寝テイラッシャルト
オ風邪ヲ引キマスワヨ
耳元に
不意に女ことばの
優しい声が降りかかり
それは母ではない
姉でもない
白猫ニイニイがあの世からやってきて
膝の上で丸くなっていた。

# 五年後

しっかりと握っていたのに
手をはなしてしまった。

おかあさんも
いもうとも
おじいちゃんも
一緒にいるような気がするので
あの空の
白い雲の上を
見てみたい。

いまは穏やかな
南三陸の海辺で
中学生になった男の子は
ときどき空を見上げながら
テレビのインタビューに答えていた。

# お別れ

都心のアパートの一室で
独りで事切れていました
そういう知らせをもらったが
彼女はたぶん八十二歳
結婚歴おそらく無し
葬儀は身内ですませました
だからおれにはすることがない
とつぜん彼女が電話をくれたのは
去年の十一月
おれが死んだらしいと
噂を聞いたので

確かめようとしたという
数年ぶりのその声に
年が明けたら
会う約束もしたが
約束はまだ約束のままで。

# 赤いマフラー

目が急にみえなくなり
左目のつもりだが
両目を細めてみれば
右かも知れない。

とにかく視界が暗くなり
机の上の
つま楊子をつかめないが
周章てることはないだろう。

ＩＣカードを持っているから

自動券売機で切符を求める必要もない。

そんなことを思ったのは
無人駅のホームで
彼女が待っているはずだからで。

郊外のその駅は野菜畑につづき
何ごともなく冬の日は照り
彼女は赤いマフラーをしていた。

# 酷暑の日の緑内障

詩人の飯島耕一さんが
暑い日がつづくと
好んで使った言葉に
酷暑
があるが
ここ数年は酷暑ばかりで
飯島さんの
使い切れなかった酷暑までが
中空で
列をなして待っているかとおもうと
眠られず

ベッドのへりをつかみ
からだをゆらしているうちに
眠りに堕ち
夏の朝が雲の合間を
静かにすすみ
日が射してきたので
カーテンを開けると
老眼鏡が飛んだのだろう
いつものように
姿が見えず
ベッドと壁の間の
五センチほどの隙間に
手を床まで差し入れて
何とか捜し当てれば
ついでに句誌も

白い虹いずこに消えしやしろいそら
この駄句ができたときをよくおぼえている
右方頭上に小さな虹のさわぎがあり
しつこくわたしにについてまわり
わたしが陸橋を潜って外に出ると
視界より消えていて
街にはタクシーが少なく
遠くで蟬が鳴いていて
わたしは家に帰るや
ゆで卵を剥いたが
なぜ妻が不在なのか
わからない
その頭のままだけれど
グラナテック点眼液
エイゾプト懸濁性点眼液

ミケルナ配合点眼液
ダイアモックス錠
十分間隔でこれらを配合すれば
おれには
また静かな緑内障の夜がくる

# 夜の病室にて

出典を探そうと思っているうちに
十年は過ぎた
　面白きこともなき世を
面白く
　住みたるものは心なりけり
という高杉晋作の歌を思い出したが
彼もどこかで退屈していたのだろうか。

どうでもよいことだが
退屈しているのはおれも同じで
緑内障手術で入院中の

８４５号室のベッドから起き上がり
窓から見下ろすと
終バスが出た後のバス停の
時刻板を
何回も拳で叩いているのがいて
昨夜もそんな男を見たが
この病室は
正式には特別療養環境室と言うのだそうで
一泊１８０００円
シャワー無しで六ランクの下から二番目
出される食事はきわめてまずく
死にたくなければどうぞという味なので
看護婦に聞いてみると
バス・シャワー付きの一泊５２０００円の
最上ランクでも

食事は同じだという。

だからこの病院の
細長い個室のベッドに
まだ数日は
虜になっていなければならないおれは
今夜も眠られず
ときどきネオンの街を見下ろしながら
長生きしたなぁと思うけど
死にたいわけではないのに
　死ぬことも生きることをも考えた
　生きるときめて
　地下足袋をはく
を思い出したが
若い時の悲壮感はさっぱりで

部屋代１８０００円のうちの
室内トイレに
そろそろ立とうかなどと
考えているうちに
朝まで眠ってしまった。

# 五月の朝のこと

昔の詩人のまねをして
それとなくどこかへ行きたい。

ゼロでもなく
マイナスでもない
もちろん＋でもない
そんな場所を見付けて
まだ眠っていたい。

だから
半分生かされているという姿で

街を歩いたが。

ドウダンツツジも
サツキツツジも
咲いているのに。

ヤシオツツジは見えない。

その花の好きだった
女教師は
今朝死んだらしい。

# 病室にて

なるようになるのは
死ぬこともそうだが
おれの心肺能力では
五〇行ほどの
そろそろちかいおれの死へ
という作品を
書こうとして
毎日病室で
粘ってみても
一行もできずに
眠る日々だから

先のことは
哀しいけれど
ケセラセラ
誰にもわからない

# ことしのさくら

二十世紀生れの
おれだけれど
二十一世紀の
二〇一九年四月十五日
パリの
ノートルダム大聖堂が焼け落ちた
中世カトリックの
ゴシック建築の天井から
フランスの空が見えた。

カジモドはどこへ行ったろうか

そんな名前のはずだが
堂守の
せむし男は
礼拝に来る女性に
ひそかに恋をしていた。

ユーゴの小説
「ノートルダムのせむし男」は
せむしが差別語ということで
いつからか
みんなの口端に上らなくなっていたが
おれのこころには
しっかりと刻印されていて。

今日は

二〇一九年四月十八日
東京の
ことしのさくらは
春の風に散り
舗道の上を行ったり来たり
死ぬまでの
おれの退屈を
慰めてくれる。

# 病気の男

岡の上にも夜が来て
おれは長い廊下を
黒い杖を突いて歩き
トイレから戻り
ベッドに横たわったが
それだけの時間が流れ
今夜も過ぎて行くだけで
おれは飽きているのだが
こういう贅沢に
岡の上の高いところ
月がマスクを被って

今晩はもうそろそろいいかなと
病気の男を
はげましたがっている

# 暮尾淳の遺したもの

## ［詩　集］

口笛をふいても　１９６０年　私家版

六月の風葬（跋・金子光晴）〈加清あつむで〉　１９６９年　あいなめ会

めし屋のみ屋のある風景（あとがき・秋山 清）　１９７８年　青娥書房

ほねくだきうた　１９８８年　青娥書房

紅茶キノコによせる恋唄　１９９４年　青娥書房

暮尾淳詩集（解説・伊藤信吉）【日本現代詩文庫第二期⑤】　１９９６年　土曜美術社

雨言葉（栞跋・飯島耕一）　２００３年　思潮社

ぼつぼつぼちら（編集後記・堀切直人）　２００５年　右文書院

地球《jidama》の上で（装幀・司 修）　２０１３年　青娥書房

暮尾淳詩集（小論・八木幹夫　他）【現代詩文庫２２７】　２０１６年　思潮社

［その他の著書］

おやしらずの詩（小文・秋山清　伊藤信吉）　1986年　緑の笛豆本
カメラは私の武器だった
—きみは、アキヒコ・オカムラを知っているか—　1991年　ほるぷ出版
宮沢賢治「妹トシへの詩」鑑賞　1996年　青娥書房
句集・宿借り（解説・林 桂）　2012年　鬣の会

## ［雑誌等に発表した主な著述］

故郷・ひもじさ・大東亜戦争　1971年　季刊シネマ7号　シネマ社
　—遅ればせなアメリカ映画論—〈加清あつむで〉
金子光晴『よごれていない一日』について　1971年「うむまあ」2　グループうむまあ
金子光晴にみる状況と詩的真実　1972年　黒の手帖14　黒の手帖社
　—山本祐興への反論—
太平洋戦争下のアンソロジー　詩と詩人の一側面「詩と思想」　土曜美術社
　1　マイナスの文化遺産　1974年　1月号
　2　『戦争詩集』にみる諸相　1974年　2月号
　3　金子光晴「タマ」「死神」など　1974年　3月号
　4　大江満雄・山之口貘ほか　1974年　4月号
　5　『文化組織』より　1974年　5月号
　6　『軍神につづけ』と小野十三郎　1974年　7・8月号　コスモス社

| | | | |
|---|---|---|---|
| 戦時下『むらさき』にみる金子光晴 | 1975年 | 「コスモス」第4次12号 | さかえ書房 |
| 異和の詩人 | 1975年 | 「あいなめ」金子光晴追悼号 | コスモス社 |
| リアリズム感 | 1976年 | 「コスモス」第4次13号 | 筑摩書房 |
| 戦争下の詩と真実<br>—「金子光晴論の虚妄地帯」反論— | 1977年 | 「文芸展望」16号 | コスモス社 |
| おやしらずの詩三つ | 1979年 | 「コスモス」第4次23号 | コスモス社 |
| エコロジイと人民詩精神 | 1980年 | 「コスモス」第4次30号 | コスモス社 |
| 尾形亀之助論 | 1981年 | 「コスモス」第4次33号 | コスモス社 |
| 金子光晴「ビルマ独立をうたふ」について | 1985年 | 「コスモス」第4次51号 | 金子光晴の会 |
| 子ども向け読物について | 1989年 | 「こがね蟲」3号 | 土佐出版社 |
| 秋山清論<br>—ある孤独まで— | 1989年 | 「論争」2号 | 金子光晴の会 |
| エロスと『人間の悲劇』 | 1990年 | 「こがね蟲」4号 | 土佐出版社 |
| 秋山清論<br>—ある孤独の世界— | 1990年 | 「論争」3号 | 騒の会 |

| | | | |
|---|---|---|---|
| 『シンガポールの歌』　戦争詩ノート・1 | 1990年 | 「騒」No.3 | 土曜美術社 |
| 人体についての断章 | 1990年 | 「詩と思想」No.71 | 騒の会 |
| 『私の戦争』　戦争詩ノート・2 | 1990年 | 「騒」No.4 | 至文堂 |
| 文学とメタファー<br>―金子光晴の「天使」を読む― | 1991年 | 「現代のエスプリ」286 | |
| 描くことの抒情詩「さくら」 | 1991年 | 『写実への道』 | 清水清作品集刊行会 |
| 『私の戦争』　戦争詩ノート・3 | 1992年 | 「騒」No.9 | 騒の会 |
| 『汗の歌』　戦争詩ノート・番外1 | 1992年 | 「騒」No.11 | 騒の会 |
| 『汗の歌』　戦争詩ノート・番外2 | 1992年 | 「騒」No.12 | 騒の会 |
| さようなら村松武司 | 1993年 | 「騒」No.16 | 騒の会 |
| 「戦争詩」をめぐって | 1993年 | 「詩と思想」No.99 | 土曜美術社 |
| 『鮫』と青春<br>―河邨文一郎ノート― | 1994年 | 「核」No.57 | 核の会 |
| 一枚のスクリーン<br>―尾形亀之助素描― | 1996年 | 「風嘯」16号 | |

| | | | |
|---|---|---|---|
| 異能詩人の詩についての感想 | 1997年 | 『長谷川七郎詩集』 | 皓星社 |
| 原点が存在した | 1997年 | 『高島洋追悼録』 | 高島洋追悼録刊行会 |
| 河邨文一郎論覚書 | 1997年 | 「詩と思想」No.142 | 土曜美術社 |
| 解説 | 2001年 | 『群馬文学全集第十一巻／伊藤信吉・司修』 | 群馬県立土屋文明記念文学館 |
| 「象のはなし」の解体 | 2002年 | 「詩と思想」No.194 | 土曜美術社 |
| 尋ねずに終わったこと —伊藤信吉の戦争詩— | 2002年 | 「現代詩手帖」10月号 | 思潮社 |
| 叙情詩人秋山清、短歌などについて | 2002年 | 「コスモス倶楽部」第9号 | コスモス忌世話人会 |
| 秋山清の「孤立のかなしみ」 | 2003年 | 「新日本文学」No.645 | 新日本文学会 |
| 芸術的アナキズムとでもいうべきもの | 2003年 | 「樹林」VOL.466 | 葦書房 |
| アキヒコ回想手帖1 —天才少女画家抄— | 2005年 | 「シャッター以前」VOL.4 | 岡村昭彦の会 |
| 日本文学報告会と秋山清 | 2007年 | 「現代詩手帖」10月号 | 思潮社 |
| さいわい無事に復員して | 2007年 | 『千早耿一郎詩集』 | 砂子屋書房 |

感想ふうに（解説）　２００８年　竹中労『庶民列伝　牧口常三郎とその時代』上　三一書房

「コスモス」とわたし　２００９年　「新現代詩」１月号　龍書房

『花とあきビン』（金子光晴著）について　２００９年　「騒」No.80　騒の会

草野心平の詩的アナキズム　２０１４年　「詩と思想」No.331　土曜美術社

詩集『白い花』解題ふうに　２０１８年　季刊「びーぐる」41　澪標

## 暮尾淳略歴

１９３９年　札幌市にて生まれる。本名加清鍾（かせいあつむ）

１９５８年　早稲田大学第一文学部哲学科心理学専攻入学

１９６０年　秋山清・伊藤信吉に親炙

「未踏」に参加（同人に秋山清・近江てるえ　等）

１９６２年　早稲田大学卒業

１９６４年　金子光晴の詩誌「あいなめ」創刊に参加

（同人に　松本亮・新谷行・桜井滋人・天彦五男・竹川弘太郎・金子秀夫・宮崎譲　等）

１９６６年　いくつかの職を転々として川島書店に編集長として入社

１９７０年　「あいなめ」30号で終刊

１９７３年　秋山清の詩誌「コスモス」第４次５号より同人になる

（同人に　清水清・西杉夫・長谷川七郎・木原実・押切順三・吉田欣一・伊藤正斉・村松武司・申有人・緒方宗平・向井孝・寺島珠雄・松永浩介・千早耿一郎　等）

１９７５年　金子光晴死去
詩誌「あいなめ・金子光晴追悼号」（さかえ書房）を編集
１９７７年　「プラタナス」を新谷行と編集　２号で終刊
１９８５年　岡村昭彦死去
「コスモス」第４次48号（通巻87号）より秋山清に代わり編集を担当
１９８６年　「岡村昭彦集」全六巻（筑摩書房）を編集
１９８８年　秋山清死去
１９８９年　「コスモス」終刊号（通巻101号）特集「秋山清論」を編集
河邨文一郎の詩誌「核」同人になる
（同人に　大貫喜也・北畑光男・小松瑛子・谷崎真澄・崔華國・長尾まり子・原子修・光城健悦・森れい・米谷祐司　等）
１９９０年　「騒」創刊　編集
（同人に　相川祐一・石黒忠・内田麟太郎・黒川洋・小宮隆弘・坂上清・佐々木実・佐藤房儀・千早耿一郎・内藤健治・西杉夫・長谷川七郎・原満三寿・和田英子　等）
２００２年　伊藤信吉死去

２００４年　河邨文一郎死去
２００８年　「小樽詩話会」の会員になる
（会員に　おのさとし・下田修一・十和田梓恭子・高橋明子・長屋のり子・萩原貢・花﨑皋平・
竹田美砂子　等）
２０１１年　句誌「鬣」の同人になる
（同人に　林桂・水野真由美・佐藤清美・外山一機・堀込学・高山清・吉野わとすん　等）
２０１３年　第20回丸山薫賞受賞（詩集『地球《jidama》の上で』にて）
２０１５年　「Zéro」創刊　編集
（同人に　西杉夫・内田麟太郎・伊藤シンノスケ・長嶋南子・北川朱実・新倉葉音・新井啓子・
塚本敏雄・苅田日出美）
２０２０年　1月11日死去　80歳

暮尾淳詩集　生きているのさ

2021年1月11日　第1刷発行

著者　暮尾　淳
編者　加清桂子
校閲　坂井てい
デザイン・DTP　風草工房
発行者　中村裕二
発行所　(有)川島書店
〒165-0026
東京都中野区新井2-16-7
電話 03-3388-5065
(営業・編集) 電話 048-286-9001
FAX 048-287-6070



印刷・製本 (株) シナノ

落丁・乱丁本はお取替いたします　振替・00170-5-34102

＊定価はカバーに表示してあります

ISBN978-4-7610-0940-3 C0092